POOS KI RAAT : UNE ETUDE DES PROBLEMES DE LA TRADUCTION D'UNE NOUVELLE DE PREMCHAND

Depuis mon enfance, j'ai été admirateur de Premchand particulièrement en raison de la façon dont il relie son histoire à l'âme et le cœur d'un mode de vie du village ou le "*dehaat*".Aussi la traduction littéraire m'intéresse beaucoup. Je viens d'un petit village de l'état du Bihâr dans le nord de l'Inde, appelé Panchgachhiya. Mon père est aussi un agriculteur et je vois le problème des agriculteurs depuis mon enfance. J'ai vu comment les agriculteurs ont été torturés par les zamindars. Nous savons que l'Inde est un pays agricole et notre économie est basée sur l'agriculture. L'Inde est le quatrième producteur agricole mondial mais la plupart des agriculteurs sont très pauvres et il y a très souvent des suicides. Donc j'ai choisi de traduire et analyser la nouvelle « *Poos ki raat* » de Premchand qui présente les problèmes de l'agriculteur rural.

Author: Navneet Kumar Singh
ISBN: 978-81-931739-8-5

Online shop: www.ekapress.org

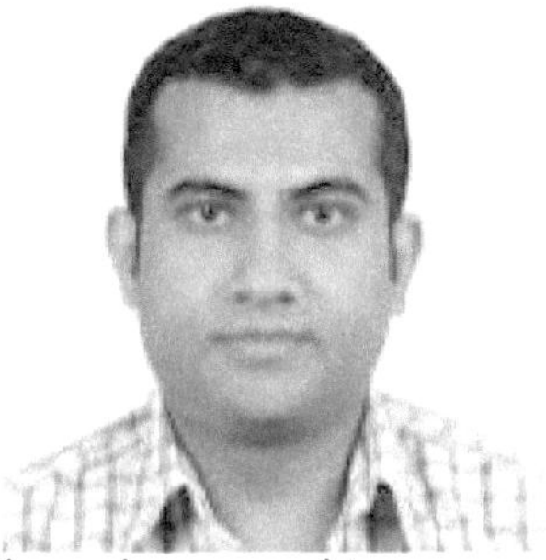

Navneet Kumar Singh

Navneet has more than 6 years of experience in translation industry and have been working on various translation projects in India. He is an ambitious, creative and highly motivated individual, who has a passion for foreign language and translation study. He has been invited to be a key speaker in various schools and colleges in India and has a passion for teaching foreign language. He holds MA French from the English and Foreign languages university, Hyderabad and BA HONS French from Amity University, Noida. Currently he is employed with e-commerce company in Hyderabad

Linked In profile: https://www.linkedin.com/in/navneet-singh-b9448548/

Remerciements

Je tiens tout d'abord à remercier ma directrice de mémoire Mme Uma Damodar Sridhar, qui s'est toujours montrée à l'écoute et très disponible tout au long de la rédaction de ce mémoire, ainsi que pour l'inspiration, l'aide et avoir bien voulu me consacrer du temps. Elle a eu la gentillesse de lire et corriger ce travail et a accepté de répondre à mes questions avec une grande compréhension et générosité.

J'exprime ma gratitude à mes parents et mon frère Amit Singh pour leur contribution, leur soutien et leur patience. J'adresse mes plus sincères remerciements à mes amis Abdal, Dheeraj, Sumeg et Srikanth qui ont bien voulu me consacrer du temps et m'aider à la qualité des suggestions.

Enfin, je tiens à remercier sincèrement tous mes professeurs

d'EFLU et tous mes proches et amis, qui m'ont toujours

soutenu et encouragé au cours de la réalisation de ce mémoire.

Merci à tous et à toutes.

Navneet

Table des matières

          Par Navneet Kumar Singh

   Par Navneet Kumar Singh

Chapitre 1

1.1 INTRODUCTION

La traduction est une nécessité pour connaître les différentes langues, cultures et civilisations. La traduction aide à connaître bien un autre monde. Elle aide à développer une communication avec les autres gens, elle donne une opportunité pour explorer un nouveau monde, réduisant l'écart entre les pays. La traduction peut donc, être une conversation sociale. Et un moyen d'échanger des idées entre les deux mondes. Il joue un rôle qui change constamment selon les types de traduction : une traduction du texte littéraire ou du texte pragmatique, par exemple scientifique et technique, médicale, commerciale. Toutes ces traductions possèdent leur propre style de traduire le texte. Le texte littéraire est traduit selon son sens textuel et sa connotation.

Lire une nouvelle et la traduire sont deux choses complètement différentes où la traduction met l'emphase sur chaque mot et sur le style de l'auteur. Aussi il dépend de l'interprétation de chaque lecteur, sa compréhension des émotions de l'auteur, de la signification des mots dans un contexte particulier et le plus important est comment il traduit ces mots dans une autre langue.

1.2 Choix du sujet de la dissertation

Depuis mon enfance, j'ai été admirateur de Premchand particulièrement en raison de la façon dont il relie son histoire à l'âme et le cœur d'un mode de vie du village ou le "*dehaat*".Aussi la traduction littéraire m'intéresse beaucoup. Je viens d'un petit village de l'état du Bihâr dans le nord de l'Inde, appelé Panchgachhiya. Mon père est aussi un agriculteur et je vois le problème des agriculteurs depuis mon enfance. J'ai vu comment les agriculteurs ont été torturés par les zamindars. Nous savons que l'Inde est un pays agricole et notre économie est basée sur l'agriculture. L'Inde est le quatrième producteur agricole mondial mais la plupart des agriculteurs sont très pauvres et il y a très souvent des suicides. Donc j'ai choisi de traduire et analyser la nouvelle « *Poos ki raat* » de Premchand qui présente les problèmes de l'agriculteur rural.

J'ai choisi une nouvelle du hindi qui est ma langue maternelle vers le français. Elle s'appelle « *Poos ki raat* » de Munshi Premchand [1] .Je vais essayer de la traduire dans ma dissertation et ensuite analyser les problèmes qu'on peut rencontrer en traduisant cette nouvelle. J'ai choisi cette nouvelle parce qu'elle dépeint

---

[1]*PratinidhiKahaniyan,* Edit. BhishmaSahni, Représentative stories of Premchand, Rajkamal Prakashan, New Delhi ,Ed.1998 and 7th Ed. 2010

une vraie société rurale de l'époque de Premchand, des années 1930.

1.3 PREMCHAND ET SON IMPORTANCE DANS LA LITTÉRATURE HINDI

Munshi Premchand (31 juillet 1880 - 8 octobre 1936), est un écrivain de langue hindi et ourdou. Il a écrit tout d'abord en ourdou puis en hindi et appartient à la génération des écrivains progressistes, imprégnés des idées gandhiennes. On reconnaît dans le style de Premchand certaines influences venues du réalisme soviétique.

Plusieurs de ses romans sont pessimistes, comme *Nirmalâ* qui relate les difficultés de deux belles-sœurs. *Godân* (Le Don de la vache) considéré comme son plus grand chef-d'œuvre, décrit la rencontre entre le monde rural et urbain. De nombreuses nouvelles sont traduites en anglais, français, italien et allemand. Une de ses nouvelles, *Les Joueurs d'échec* a été adaptée en1977, par le réalisateur Satyajit Ray.

Munshi Premchand est considéré comme le premier auteur hindi dont les écrits décrivent les problèmes des pauvres et la classe moyenne urbaine. Ses œuvres représentent une perspective rationaliste, qui considère les valeurs religieuses comme quelque chose qui permet aux hypocrites puissants d'exploiter les faibles. Il a utilisé la littérature dans le but d'éveiller la conscience du public sur les problèmes nationaux et sociaux et a souvent écrit sur des sujets liés à la corruption, la prostitution, le système féodal, la pauvreté, le colonialisme et sur le mouvement de la libération de l'Inde.

Présidant sur la conférence des écrivains progressistes à Lucknow en 1936, il a déclaré que l'affixe du mot «progressiste» à l'écrivain était superflu, parce qu'«un écrivain ou un artiste est progressif par nature, si ce n'était pas sa nature, il / elle ne serait pas un écrivain du tout. " Avant Premchand, la littérature hindi a été limitée aux contes *de raja-rani* (rois et reines), les histoires de pouvoirs magiques et d'autres fantasmes d'évasion. Elle volait dans le ciel de fantaisie, jusqu'à ce que Premchand l'ait ramenée sur le terrain de la réalité. Premchand a écrit sur les questions réalistes de la journée —le communalisme, la corruption, le système zamindari, la dette, la pauvreté, le colonialisme etc. Certains critiquent les écrits de Premchand aussi d'avoir trop de morts et trop de misère. Il convient de noter que beaucoup des histoires de Premchand ont été influencées par ses propres expériences avec la pauvreté et la misère. Ses histoires représentaient les Indiens ordinaires comme ils étaient, sans aucun embellissement. Contrairement à de nombreux autres écrivains contemporains, ses œuvres n'ont pas eu des «*héros*» ou «*Mr. Nice*».[2] Elles ont décrit les gens comme ils sont. Premchand était un contemporain de quelques autres géants de la littérature de cette époque comme Ram Chandra Acharya Shukla et Jaishankar Prasad.

1.4 Résumé bref de la nouvelle

"*Poos ki Raat*" (Une nuit d'hiver) est l'histoire d'un fermier nommé Halku et sa situation désespérée contre le système *zameendari*[3]répandue dans l'Inde coloniale.

Le champ de Halku constitue l'enjeu principal dans le récit, à la fois, sa seule source de revenus ainsi que la

---

[2]*Premchand:Ek Vivechan*,Edit.Indernath Madaan,Gyan Books Pvt.Ltd.Ed.2006

[3] Zamindar : propriétaire foncier. Les Zamindars sont d'anciens collecteurs d'impôt de l'Empire mogol, auxquels l'East indiaCompany a abandonné son droit éminent sur les terres. Accédé le 3 février 2014,http://en.wikipedia.org/wiki/Zamindar.

cause de tous ses problèmes. Halku a dû choisir entre acheter une couverture qui l'aiderait à passer les nuits froides de janvier dans son champ et subir les insultes du propriétaire Sahna pour ne pas avoir payé l'impôt. Il avait toujours l'option d'abandonner la tâche de l'agriculture et de faire un travail rémunéré, mais sa fierté ne le lui permettait pas ferait pas. Il a démontré sa fierté quand il a choisi de payer Sahna au lieu d'entendre ses insultes et au risque de passer les nuits froides dans ses champs. Mais cette nuit de *poos* en janvier, le froid était insupportable, malgré ses meilleurs efforts à passer du temps avec son chien Jabra. Il essaie d'allumer un feu des feuilles sèches à côté de son champ, mais cela ne suffit pas contre le froid cruel. Lui et son chien se sentent gelés. Tout à coup, il entend le bruit des animaux sauvages entrer dans son champ et détruire la récolte,

     Par Navneet Kumar Singh

mais il n'a plus les forces de les chasser et reste impuissant.

Cette nouvelle montre l'impuissance des agriculteurs contre la pauvreté, le destin et les forces de la nature, mais montre aussi leur côté humaniste, sous forme de l'amitié entre l'homme et son chien.

1.5 L'approche théorique de la traduction

Traduire, c'est restituer un texte écrit dans une langue, appelée langue source, dans une autre, appelée langue cible, en prenant soin de ne pas en changer le sens. Dans le passé, on croyait que la personne qui lisait une traduction ne devait pas se rendre compte que le texte qu'elle lisait n'était pas l'original mais qu'il s'agissait de la retranscription d'un message d'abord transmis dans une langue étrangère. Pourtant, il existe les différents aspects, les facteurs, les informations qui doivent être transmis aux lecteurs cibles à l'aide de la traduction. Pour introduire une nouvelle culture ou pour transmettre une nouvelle information. C'est le traducteur qui joue un rôle très important. Il traduit le texte, le sens du texte selon la pensée de l'auteur et aussi sa propre interprétation. Alors, le traducteur essaie de traduire le texte dépendant de lecteurs cibles, de leurs aspects culturels, sans enlever l'aspect culturel de l'original.

Selon Lawrence Venuti [4], chaque traducteur doit se pencher sur le processus de traduction à travers le prisme de la culture qui réfracte les normes culturelles de la langue source et c'est la tâche du traducteur pour les transporter, en préservant leur sens et leur étrangeté, le texte de la langue cible. Chaque étape du processus de traduction de la sélection des textes étrangers à la mise

---

[4]*The Scandals of Translation*, Lawrence Venuti,Routledge,New Fetter lane London,EC4P 4EE,Ed.1998

en œuvre de stratégies de traduction pour l'édition, la révision, et la lecture des traductions-est méditée par les valeurs culturelles qui circulent dans la langue cible.

Il estime que la théorie et la pratique de la traduction a été dominée par la présentation, par la « domestication ».Il a strictement critiqué les traducteurs qui, afin de minimiser l'étrangeté du texte cible réduisent les normes culturelles étrangères à la langue cible valeurs culturelles. Selon Venuti, la stratégie de domestication efface "violemment" les valeurs culturelles et crée un texte qui suit les normes culturelles du lecteur cible ainsi. Il préconise fortement la stratégie d'étrangetés. Ainsi, une traduction adéquate serait celle qui mettrait en évidence l'étrangeté du texte source et au lieu de permettre la culture cible dominante d'assimiler les différences de la culture source, il doit plutôt signaler ces différences.

Dans notre traduction, nous avons essayé de suivre cette approche et nous avons essayé de garder les aspects culturels originaux de texte dans les cas où ils ne posaient pas problèmes à la lecture ni à la compréhension du lecteur.

Ce sont les approches que nous avons en considération en traduisant la nouvelle *« Poos ki raat »*. Maintenant nous allons présenter la traduction.

Chapitre 2

Une nuit de poos

Traduction de la nouvelle « Poos Ki Raat »

1

Halku arriva et dit sa femme « Sahna est là .Allez, apportez-moi ce qu'il reste d'argent pour le payer, et se débarrasser de l'étau.»

Munni était occupée à balayer .Elle se retourna et répondit «Il n'en reste plus que trois roupies. Comment passeras-tu les nuits d'hiver en plein champ ! Comment achèterons-nous une couverture si on les lui donne ? Dis-lui que nous le payerons après la récolte. Pas maintenant. »

Halku demeura quelque temps indécis. Le mois de *poos,* l'hiver, menaçait déjà et il ne fallait pas songer à dormir dans les champs sans une couverture. Mais Sahna n'accepterait jamais. Il menacerait et maudirait. Il valait mieux lui verser de l'argent et s'en débarrasser plutôt que penser à affronter l'hiver sans couverture. En réfléchissant ainsi, il s'approcha de sa femme, de son corps massif (qui faisait mentir son nom *Halku,* signifiant « léger ».) « Allons, sois gentil, » dit-il en cherchant à l'amadouer. «Donne les moi, que je sois enfin débarrassé de ce problème. Je trouverai d'autre moyen pour la couverture.»

Munni s'écarta. Son regard se durcit. « Tu as déjà essayé de les trouver, les moyens. Je voudrais bien savoir comment tu t'y prendras. Quelqu'un va nous donner une couverture dans la charité ? Nous avons beau nous évertuer, il restera toujours quelque chose à lui donner. Je ne sais pas pourquoi, il n'y a pas de fin. Je te dis encore : abandonne la culture. Nous nous tuons à labourer la terre, mais c'est les dettes qui mangent la récolte. C'est à croire que nous ne sommes nés que pour rembourser les dettes et pour rien d'autre ! Non ! Je ne te donnerai pas l'argent jamais.»

     Par Navneet Kumar Singh

Halku répondit tristement : «Tu veux alors que j'essuie ses insultes. »

« Et de quel droit t'insulter ?» s'indigna Munni, «Est-il donc ton Dieu ou bien le maître du pays ?»

Mais déjà la colère désertait son visage. La vérité avait surgi, cruelle, des paroles de Halku, comme une bête féroce plantée devant elle.

Elle se dirigea vers la resserre et prit l'argent qu'elle déposa dans les mains de Halku. Puis elle lui dit : « Arrête de cultiver la terre après cette récolte » Journalier, on mangera au moins à sa faim et en paix. Finis les coups, finies les reproches. C'est une bonne agriculture ! Et on n'aura pas à faire face aux insultes de quiconque ».

Halku prit l'argent et sortit tel un homme à qui l'on arrache le cœur. Pour cette couverture, il avait épargné trois roupies sous par sou. Et voilà qu'elles lui glissaient des doigts aujourd'hui. À chaque étape, son front ployait davantage sous le poids de son dénuement.

2

Ce fut une nuit sombre du mois de *poos*, en janvier, où même les étoiles semblaient être gelées dans le ciel. A la bordure de son champ, emmitouflé dans un vieux drap de calicot, Halku grelottait sur son petit lit de bambou qu'abritait un toit de feuilles de canne à sucre. Couché sous le lit, le museau caché dans le flanc, son compagnon, Jabra (avec sa gueule enfoncée dans son corps) pleurnichait de froid. Ni maître ni chien ne parvenaient à dormir.

«Tu as froid, hein, Jabra ? » dit Halku en ramenant frileusement ses genoux sous le menton. Je t'avais bien dit de rester couché sur la paille à la maison. Pourquoi es-tu ici ? Fais face maintenant au froid! Je n'y peux rien. Tu as filé devant moi comme si j'allais à un festin, manger du *halwa-puri*.

Jabra resta à sa place, en remuant la queue. Il prolongea son gémissement dans un bâillement puis il devint silencieux. Il paraissait avoir compris que ses plaintes gênaient le sommeil du maître.

Halku sortit sa main de sous le drap pour flatter le corps froid de Jabra et dit « il ne faut plus m'accompagner. Dieu sait où ce maudit vent d'ouest a pu ramasser toute cette glace ! Autant me lever et fumer un bon *chillom*. J'en ai déjà fumé huit mais que veux-tu ? Il faut passer la nuit, ce sont les joies de l'agriculture ! Et puis, il ya ces heureux riches dont les maisons bien chaudes feront fuir l'hiver ! Tous ces coussins, ces édredons, ces couvertures ! Le froid n'oserait pas venir près d'eux. Tels sont les arrêts du destin. C'est nous qui

 Par Navneet Kumar Singh

travaillons dur, mais c'est les autres qui se profitent à nos frais.

Halku se leva et dégagea une braise dont il alluma sa pipe. Jabra se redressa, lui aussi.

«En veux-tu une bouffée ? » lui dit Halku. « Ça ne réchauffe pas, mais ça distrait un peu. »

Jabra posa sur lui ses yeux remplis d'amour.

Halku dit : «Tiens bon cette nuit. Demain, je vais répandre la paille pour toi. Tu peux t'y enfoncer et tu ne sentiras plus le froid.

Jabra posa ses pattes sur les genoux de son maître, le museau tout contre son visage. Halku sentit son souffle chaud.

Après avoir fumé sa pipe, Halku s'allongea en se disant que quoiqu'il arrive, il allait s'endormir cette fois. Mais à peine avait-il fermé les yeux qu'il fut secoué d'un grand frisson.

Sons cœur se mit à battre dans un instant. Il se retourna plusieurs fois, sans parvenir à relâcher l'étreinte du froid qui s'agrippait à sa poitrine comme un démon.

Quand cela devient insupportable, il souleva doucement Jabra et le fit coucher sur ses genoux en lui tapotant affectueusement la tête. Le chien puait terriblement mais en tenant l'animal si proche de son corps Halku éprouva une sorte de contentement qu'il n'eût jamais senti pendant des mois. Il avait peut-être le sentiment d'être au paradis, et dans le cœur pur de Halku il n'y avait aucune trace de l'aversion vers le chien. Il n'aurait pas serré avec plus d'empressement son meilleur ami ou son frère. La misère ne l'avait pas réduit à cette extrémité : il semblait s'être tout entier livré à cet amour, et chaque parcelle de lui-même irradiait d'une très pure clarté.

Soudain, Jabra perçut les pas de quelque animal. Le spectacle rare de l'amitié avait infusé une telle nouvelle énergie en lui qu'il ne pensait plus aux coups de vent froid, qu'il ne se sentit plus gêné par le vent froid. Il bondit en s'éloignant de l'abri, et commença à aboyer. Sans répondre aux appels de Halku, il fonça dans le champ en aboyant. Il ne s'approchait que pour repartir aussitôt en chasse, tout vibrant du devoir qui l'emportait comme le désir.

3

Une autre heure s'écoula. Le vent de la nuit se mit à souffler plus fort, avivant encore l'âpreté du froid. Halku se tint assis, accroupit, en enfonçant son visage entre ses genoux. Il n'en éprouva aucun réconfort. Il avait l'impression que son sang s'était caillé dans ses veines, que ce n'était plus du sang, mais de la glace. Il leva les yeux vers le ciel pour essayer de savoir où en était la nuit. *Saptarishi,* la Grande Ourse, n'avait pas gravi la moitié du ciel. Il fallait bien compter trois heures au moins.

Non loin du champ de Halku se trouvait une mangueraie. Les feuilles avaient commencé à tomber et s'amoncelaient déjà sous les arbres. Halku se dit qu'il pourrait aller en ramasser de quoi faire un feu pour se réchauffer. Si on le surprenait à cette heure de la nuit on le prendrait, à coup sûr, pour un revenant. Une bête sauvage s'était peut-être bien cachée là-bas, mais il ne pouvait plus en tenir.

Il entra dans le champ d'arhar à côté et il déracina quelques tiges. Il les attacha ensemble pour en faire un balai. Il prit une galette sèche de bouse de vache qui servait à faire du feu et se dirigea vers la mangueraie. Jabra le vit et il vint vers lui en frétillant la queue.

«Je n'en peux plus Jabru» dit Halku. «Allons faire un feu des feuilles tombées. Une fois bien réchauffés, nous retournerons dormir sous l'abri. La nuit est loin d'être passée.

Jabra gémit son assentiment et se mit à marcher en avant vers le verger.

La mangueraie était plongée dans l'obscurité. Il faisait nuit noire dans le verger ; et le vent cruel passait en piétinant les feuilles. Des gouttes de rosée dégoulinant constamment des arbres. Brusquement, une bourrasque répandit une senteur de fleurs de henné.

« Quelle bonne odeur, Jabru ! La sens-tu,-toi aussi ? »s'écria Halku. Mais Jabra rongeait paisiblement un os qu'il avait déterré.

Halku s'affaira déjà et un tas fut amoncelé. Il avait les mains tremblantes et ses pieds nus gourds. Et il bâtit une montagne de feuilles. Avec ce feu, il réduirait le froid en cendres.

Le foyer prit en un instant. Ses flammes sautèrent très haut et touchèrent les hautes feuilles des manguiers, avant d'ondoyer. Les arbres semblaient très grands dans le verger. Il semblait qu'ils portaient l'obscurité sur leurs têtes. Dans cette mer illimitée de ténèbres, la lumière bascula et dansa comme un bateau.

Halku était assis devant le feu. Bientôt il retira et serra sous son bras le drap dont il était enveloppé, puis il étendit les jambes, comme pour défier le froid. « *Allez, fais de ton mieux*».Il ne contenait plus sa joie d'avoir triomphé des forces invincibles de l'hiver.

«Toujours froid, Jabra ? » dit-il en se tournant vers le chien.

Jabra gémit, comme pour dire : «Allons-nous continuer à avoir froid à jamais ? »

«J'aurais dû y penser plus tôt. Nous n'aurions pas gelé ainsi».

Jabra remua la queue.

«Viens, Sautons au-dessus du feu. Voyons qui peut traverser. Mais je te préviens, si tu te brules, ne compte pas sur moi pour te soigner».

Jabra regarda le feu avec des yeux effarés.

«Et ne dis rien à Munni à ce sujet, elle se fâchera !»

En disant ces mots, il sauta par-dessus du feu, ses pieds effleurèrent la flamme, mais sans aucun dommage. Jabra entoura simplement le feu pour rejoindre son maître de l'autre côté.

Halku dit «Allons, allons, tu triches, toi. Saute ! » Et il sauta encore par-dessus du feu.

4

Les feuilles furent brûlées. L'obscurité avait de nouveau envahi la mangueraie. Quelques braises couvaient encore sous la cendre, dont le vent, par rafales, ravivait l'espace d'un instant les derniers flamboiements.

Assis près de la cendre chaude, Halku s'était recouvert de son drap et commença à chantonner une chanson. Il avait chaud à présent, mais une sorte de torpeur s'empara de lui à mesure que le froid regagnait du terrain.

Jabra se mit à aboyer furieusement et fila vers le champ. Halku eut l'impression qu'un troupeau d'animaux avait pénétré son champ. C'était peut-être un troupeau de *neelgai*, les antilopes sauvages. Il pouvait clairement entendre le bruit de leur course et le son de leurs pas. Puis il lui sembla les entendre paître. Bientôt il s'éleva le bruit de leur rumination.

«Mais non, pensa–t-il, aucun animal ne peut fouler mon champ dans la présence de Jabra. Il les mordra. Il les mettra en pièces. Je me trompe. D'ailleurs on n'entend plus rien maintenant. Ma foi, j'aurai rêvé. »

Il appela de toutes ses forces : «Jabra !!!!!!!!!!!!!!!!!!!Jabra !!!!!!!!!!!!!!!!!!Hé, Jabra ! »

Jabra hurla de plus belle. Il ne revint pas.

Halku continua à entendre brouter dans son champ. Impossible de se tromper plus longtemps. Il demeura immobile. Comme il était assis confortablement ! La seule idée d'aller donner la chasse aux animaux, dans cette bise glacée, lui paraissait insupportable.

Il cria à tue tête : «Allez-vous en ! Sortez tout de suite ! »

Le chien se remit à aboyer. Les animaux pâturaient. La récolte était bonne à cueillir, et quelle fameuse récolte ça aurait fait ! Mais ce troupeau d'animaux malheureux était en train de tout ravager.

Enfin Halku se résolut à se lever et avança de quelques pas ; mais une bourrasque ragea aussitôt, cinglante, glaciale aussi cuisante qu'une piqûre de scorpion. Il retourna alors s'asseoir auprès du feu éteint et se mit remuer la cendre pour réchauffer son corps transi.

Jabra s'égosillait à force d'aboyer, les *neelgais* dévastaient la récolte et Halku se tenait coi, tout près de la cendre ranimée. L'engourdissement dont il était envahi le tenait ligoté telles les cordes.

Alors, sur cette terre chaude, recouvert de son drap, il s'endormit.

Le matin, lorsqu'il ouvrit les yeux, le soleil brillait haut dans le ciel et Munni était plantée devant lui.

« Tu ne te réveilleras donc jamais ! disait-elle.Tu dors comme un bienheureux et pendant ce temps la récolte a été saccagée ! »

Halku se leva, puis demanda « Es-tu passée par le champ avant de venir ici ? »

Munni lui répondit : «Oui, la récolte est perdue, tout a été détruit. Qui dort comme ça. A quoi te servait de passer la nuit dehors si c'était pour dormir à poings fermés ?»

Halku se trouva un prétexte : « J'ai frôlé la mort cette nuit et tu ne penses qu'à ton champ ! J'ai eu un mal de ventre épouvantable. Tu n'imagines pas ce que j'ai souffert. »

Ils retournèrent tous les deux sur la bordure du champ : la terre avait été piétinée et, Jabra était couché sous l'abri, inerte.

Ils regardèrent ensemble le spectacle de leur champ dévasté. Le visage de Munni était empreint de consternation mais Halku se sentit heureux.

Munni dit sombrement : «Désormais, nous aurons à labourer chez les autres pour vivre. »

La mine réjouie, Halku répondit : « Au moins je n'aurai pas à supporter le froid des nuits d'hiver dans ce champ.»

Chapitre 3

3. L'ANALYSE DE LA TRADUCTION

La traduction d'un texte n'est pas une tâche facile. Il y a plusieurs problèmes que l'on rencontre en traduisant, par exemple, les problèmes du style d'écrivain, les problèmes linguistiques, des mots difficiles à traduire ou les mots « intraduisibles », la manque d'un concept de la langue de départ dans la langue source ou vice-versa. Nous allons donc, analyser notre travail en nous basant sur les stratégies nécessaires pour surmonter ces problèmes. Mais avant de le faire, nous allons voir de près quelques caractéristiques de l'œuvre de Premchand et le contexte socio-culturel dans lequel l'histoire est basée.

3.1 Le style de l'auteur

La caractéristique principale des écrits de Premchand est sa narration et l'utilisation de langage simple et intéressant. Ses romans décrivent les problèmes des classes paysannes rurales. Il a évité l'utilisation de très Sanskritized Hindi[5] (comme c'était la pratique commune parmi les écrivains hindi), mais il a utilisé le dialecte du peuple. Il a écrit en ourdou et Hindi. Quelques exemples des mots ourdous qu'il a utilisés dans cette nouvelle. Par exemple बला /bəla/ : Malediction,खुशामद /kuʃaməd/ :Cajolerie,खैरात /kɛrat/ : Charité,अरमान /ərman/ : Espoir, आहट /ərhat/ :Bruit,लिहाफ /lihəf/ : Matelas.

3.2Le contexte socio-culturel du récit

Le système Zamindari a été introduit en début de la période britannique. La loi de règlement permanent a été

---

[5]Sanskritized Hindi - Hindi ou plus précisément standard moderne Hindi est un registre normalisé de la langue hindoustani qui a subi les influences du sanskrit. L'hindoustani est la langue maternelle des personnes vivant à Delhi, Haryana, UttarPradesh, Bihar, Jharkhand, MadhyaPradesh et certaines parties du Rajasthan. Accédé le 15 mars2014, www.//en.wikipedia.org/wiki/Sanskritisation

adoptée en 1793 et initialement introduit dans le Bengale. Le système a également été constaté dans de grandes parties de l'Inde du Nord (à l'exception d'Awadh, Agra, Jaipur et Jodhpur), du Bihâr et de l'Orissa. Le système a été introduit pour assurer la réception des recettes de la puissance coloniale britannique, où un Zamindar a déclaré le propriétaire de la terre sur l'état des paiements de revenus fixes au régime britannique. Les paysans ont été transformés en fermiers et privés du titre foncier y compris les autres droits et privilèges pendant la période moghole. Le Zamindar recueillaint les loyers des terres par différents collecteurs intermédiaires. En conséquence de cette pratique, il y a eu la création de rangs de plusieurs niveaux de collecteurs sous la Zamindar. La paysannerie a été soumise à la privation de sa part dans les produits de la terre et relégué à une pauvreté abjecte. Ce système

     Par Navneet Kumar Singh

de revenus représentait 57 pour cent de la superficie cultivée dans le pays. La commission Floud, demandant les raisons de la Grande Famine du Bengale en 1943, a recommandé la suppression des intermédiaires sur des terrains d'intérêt pour le gouvernement britannique.[6]

3.3La traduction du titre

Le titre de cette nouvelle « Poos Ki Rat »signifie une nuit d'un mois d'hiver en Inde du nord. Poos est un mois du calendrier hindou dans le calendrier national indien. Poos est le dixième mois de l'année, correspondant à décembre ou janvier. Il est un mois d'hiver généralement dans le pic de l'hiver où les températures tombent jusqu'à 0°C. Nous avons traduit le titre de cette nouvelle comme « Une nuit de poos ». Même si ce titre peut-être incompréhensible à première vue, les lecteurs vont

---

[6]Accédé le 5 avril 2014
:http://pages.wustl.edu/files/pages/imce/soks/india.pdf

comprendre le sens de poos quand ils liront le premier paragraphe.

3.4 Les termes « culturels »

Il existe les mots dans cette nouvelle qui sont spécifiquement du hindi et qui ne peuvent pas être traduits en français. Dans ce cas-là, nous avons donné des explications de tels mots dans le texte avec les mots, pour apporter plus de clarté chez lecteur et pour garder la couleur locale. Les exemples –

Neelgai : Il s'agit d'un animal qui se trouve seulement en Asie portant le nom zoologique «*Boselaphustragocamelus* »[7] .C'est un animal sauvage qui vit en petit groupe (de 4 à 20) ou en solitaire parfois comme chez un mâle mature et qui se fie à ses sens

---

[7] Le nom scientifique de neelgai. Accédé le 5 mars 2014 ; http://www.iloveindia.com/wildlife/indian-wild-animals/neel-gai/facts.html

aiguisés pour fuir les prédateurs comme le tigre. Le neelgai est la plus grande antilope indienne. Nous avons donc gardé dans la traduction le mot *neelgai* en apportant une précision *les antilopes sauvages.*

Arhar : Il s'agit d'une céréale qui est cultivée seulement dans le sous-continent indien, l'Afrique orientale et l'Amérique centrale. Ce sont les trois principales régions productrices d'arhar dans le monde. Nous avons donc gardé le terme «le champs d'arhar» dans notre traduction.

Chilom : Le mot en français pour *chilom* c'est est pipe, mais chilom est plus petit comparé à la pipe. Mais tous les deux sont utilisés pour fumer. Nous avons gardé alors le terme « chillom » car le sens est éclairci par le contexte.

Halwapoori : Le « halwa-puri », signiifie littéralement le nom de deux mets délicieux qu'on mange aux moments de grande fête dans l'UP et Bihâr. Comme ces deux plats sont inconnus à un lecteur francophone, nous avons choisi de garder le même terme dans notre traduction, mais avec une explication supplémentaire « Tu croyais que j'allais manger le *halwa-puri* dans un festin ? »

3.5Les noms des personnages principaux :

Les noms des personnages principaux, y compris celui du chien, sont très bien choisis par Premchand dans cette histoire. Tous les noms signifient un caractère particulier du personnage qui le porte. Parfois le choix du nom est ironique. Ces nuances sont malheureusement perdues dans la traduction sauf pour le premier, mais nous voudrons les signaler ci-après.

Ex.1. Halku : Le nom, Halku, nom propre dérivé de l'adjectif hindi *halka* qui signifie « léger ».

Mais il est exactement le contraire de son nom : il est très gros. Ce fait est signalé par Premchand lui-même dans la phrase. « Il s'approcha de sa femme, de son corps massif qui faisait mentir son nom *Halku,* signifiant léger.»

Ex.2. Munni : Le nom Munni, nom propre, en hindi. Dans la région où le hindi est parlé, on dit « Munni » à une petite fille. Mais dans le récit, Munni est une jeune femme courageuse. Elle n'a pas peur de Sahna. Halku a peur de Sahna mais pas Munni.

Ex.3. Jabra : Le chien, Jabra, est très actif et fidèle à son maître. Le nom Jabra signifie « La mâchoire» qui est toujours ouverte et il aboie beaucoup pour aucune raison.

Ex.4. Sahna : Le nom Sahnadérivé du verbe hindi, qui signifie « tolérer ». Mais il s'agit ici du nom du zamindar, le propriétaire du terrain de Halku qui est un personnage cruel et n'a pas de tolérance avec l'agriculteur.

3.6 La traduction des locutionset des expressions imagées

La traduction deslocutions et des expressions imagées présentent un autre défi dans le domaine de traduction .Si le même concept en hindi n'existe pas en francais : il devient difficile à traduire les locutionset les expressions imagées. Mais il est aussi vrai que les locutionset les expressions imagées de la langue source ne doivent pas être gardées tel quel dans la langue cible. Il peut être remplacé par son équivalent ou le traducteur peut donner le sens exact. Ici, j'ai essayé de donner des équivalents des locutionset des expressions imagées.

Ex. 1.पूस सिर पर आ गया (//Pus sir pər agəa//) – Cette expression signifie littéralement: le *poos* est arrivé à notre tête. Nous l'avons traduit comme : « Le mois d'hiver menaçait déjà ».

Ex.2.बला से जाड़ों मे मरेंगे, बला तो सिर से टल जाएगी (//bəla se ʒdɔ memerɛge /bəla tɔ sir se təl ʒaɹegi//) Cette expression signifie littéralement: Je vais faire face à l'hiver mais je veux me débarrasser de ce problème.

Nous l'avons traduit comme : Il valait mieux lui verser de l'argent et s'en débarrasser plutôt que penser à affronter l'hiver sans couverture.

Ex.3. मानो अपना हृदय निकालकर देने जा रहा हों (//manɔ əpna hrdəɹ nikalkar dene ʒrəha hɔ//).

Cette expression signifie littéralement : Comme s'il était en train de donner son cœur.

Nous l'avons traduit comme : «Il sort comme un homme à qui l'on arrache le cœur ».

Ex.4. तुम यहाॅ आकर रम गए (///tum ɹeha akər rəm gəɹe//)

Nous l'avons traduit comme : «Tu dors comme un bien heureux ».

3.7 Les métaphores et les expression imagées ajoutant à l'effect poétique du récit

Ex.1.इस अनोखी मैत्री ने जैसे उसकी आत्मा के सब द्वार खोल दिए थे और उनका एक एक अणु प्रकाश से चमक रहा था

(///is ənɔki mɛtrine ʒɛse uski atma ke səb dwar kɔldiɹete əurunka ɛk-ɛk ənu prakas se ʃmək rəta//)

Cette expression signifie littéralement : cette étrange amitié avait élargi son esprit dans toutes les directions, et tous les pores de son corps brillaient avec brio.

Nous l'avons traduit comme : «Il semblait s'être tout entier livré àcette étrange amitié, et chaque parcelle de lui-même irradiait d'une très pure clarté ».

Ex.2.बगीचे में खूब अँधेरा छाया हुआ था और अंधकार में निर्दय पवन पत्तियों को कुचलता हुआ चला जाता था (//bəgiʃ me kub əgɔraʃɹa huata əur əndka rme nirdaɹ pəwən petiɹɔ kɔ kuʃl ta hua ʃla ʒtata)

Nous l'avons traduit comme : « Il faisait nuit noire dans le verger ; et le vent cruel passait en piétinant les feuilles ».

Ex.3.उस अस्थिर प्रकाश में बगीचे के विशाल वृक्ष ऐसे मालूम होते थें, मानो उस अथाह अंधकार को अपने सिरों पर सँभाले हुए हों.

(//us əstir prakas me bəgiʃe ke visal vrkʃɛ semalum hɔtete /manɔ usə tahəndkar kɔ əpne sir ɔpər səmbale huɹe hɔ//)

Nous l'avons traduit comme : Les arbres semblaient très grands dans le verger. Il semblait qu'ils portaient l'obscurité sur leurs têtes.

3.8 Les mots dédoublés :

Pendant le travail de la traduction, nous avons aussi rencontré le problème des mots dédoublés. On ne trouve pas ce type de dédoublement lexical ou verbal en français. On la trouve seulement en hindi et d'autres langues indiennes. Ici j'ai essayé de traduire les mots en donnant le sens exact. Evidemment il résulte en une perte dans la traduction, mais ce n'est pas possible de recréer le même effet stylistique en français. Les mots dédoublés de cette nouvelle avec leur traduction se trouvent ci-dessous :

Ex.1.मर-मर काम करों (//mə rmər kam kərɔ//): Cette expression signifie littéralement: Nous travaillons et mourons.

Nous l'avons traduit comme : «Nous nous tuons à labourer »

Ex.2.मैं रुपयें न दूँगी, न दूँगी (//mɛ rupə ɹnə dung inə dungi//):Cette expression signifie littéralement: je ne donnerai pas, donnerai pas l'argent.

Nous l'avons traduit comme : «Je ne te donnerai pas l'argent, jamais ! »

Ex.3. कूँ-कूँ कर रहा था (//ku ku kə rəhata//) : Cette expression signifie littéralement: Il criait koukou ».

Nous l'avons traduit comme : «Il pleurnichait ».

Ex.4. दौड़े-दौड़े आगे-आगे चले आये (//dɔde dɔde age age chale aɹe//):Cette expression signifie littéralement: Vous m'avez suivi en courant.

Nous l'avons traduit comme : «Tu as file devant moi ».

Ex.5. पड़े-पड़े दुम हिलायी (//pəde pəde dum hilaɹi//): Cette expression signifie littéralement: Il remua la queue , assis par terre.

Nous l'avons traduit comme : «Il remua la queue, sans changer de position ».

          Par Navneet Kumar Singh

Ex.6.ओस की बूँदे टप-टप नीचे टपक रही थीं (//ɔski bunde tɔp tɔp niche tɔpək rəhiti//): Cette expression signifie littéralement: Des gouttes de rosée des arbres coulaient en faisant « tap » « tap » vers le bas.

Nous l'avons traduit comme : « Des gouttes de rosée dégoulinant constamment des arbres.»

Ex.7.मैं मरते-मरते बचा (//mɛ mərte mərte bəcha//) : Cette expression signifie littéralement : Je me suis échappé de mourir.

Nous l'avons traduit comme : «J'ai frôlé la mort ».

3.9 Le registre de langue :

Le registre de langue (on dit aussi niveau de langue, ou encore, style) est un mode d'expression adapté à une situation d'énonciation particulière, qui détermine notamment, certains choix lexicaux et syntaxiques ainsi qu'un certain ton. Mais dans cette nouvelle Premchand a évité l'utilisation de très sanskritized Hindi et il a utilisé le dialecte du peuple. Je vais donner les exemples de cette nouvelle.

Ex.1.तुम छोड़ दो अब की से खेती (//tum chɔd dɔ əbki sɛketi//)

Cette expression signifie littéralement : Tu dois quitter la culture.

Nous l'avons traduit comme : Arrête de cultiver la terre après cette récolte

Ex.2.जानते थें, मै। (//ʒnte tem ɛ//)

Nous l'avons traduit comme : Je savais.

Ex.3. पीछे फिरकर बोली (//peche phir kar boli//)

Nous l'avons traduit comme : Elle se retourna et répondit.

     Par Navneet Kumar Singh

3.10 Conclusion

Nous avons noté les points suivants d'après notre analyse.

Le registre de Premchand est un mélange de lots ourdou, hindi et mots de dialecte local. C'est compréhensible aux lecteurs hindis et donnent une saveur particulière à ses récits. Dans notre traduction nous avons été obligés de traduire tous ces mots dans un français standard, comme ce n'était pas possible de trouver des équivalences. Mais en suivant la théorie de Venuti (que nous avons discuté dans le premier chapitre), nous avons évité la domestication et nous avons essayé de garder des mots hindis là où c'était possible, pour donner l'atmosphère de l'Inde rurale. Par exemple, nous avons traduit le titre comme «Une nuit de *poos*», et nous avons gardé les mots comme *neelgai, arhar, chillom*et *halwa-puri*. Le contexte donne le sens de ces mots aux lecteurs. En ce qui concerne les expressions imagées et les métaphores, nous les avons traduits par des expressions équivalentes en français. Enfin nous avons aussi traduits les mots dédoublés en hindi par des phrases équivalentes en français standard car ce phénomène n'existe pas dans la langue française.

     Par Navneet Kumar Singh

Chapitre 4

Conclusion générale

Pendant l'exercice de traduction, nous avons passé par plusieurs problèmes linguistiques ainsi que le problème de traduire les mots des aspects socioculturels du récit, des locutionset des expressions imagées, des mots dédoublés, qui nous a donné un défi de traduire le texte original dans la langue source avec les mêmes effets chez lecteurs cibles. Tous ces facteurs créent aussi les ambigüités en traduisant, alors la recherche des informations pertinentes est beaucoup plus nécessaire.

Nous avons essayé de traduire cette nouvelle en hindi vers le français gardant plutôt les aspects socioculturels. Sinon le texte traduit ne pourrait pas transmettre le même message chez le lecteur cible et pour lequel nous avons aussi essayé de vérifier le style de l'auteur, sa pensée, ses émotion, son intention, qui nous ont aidé à traduire le texte selon son point de vue. Sans connaître l'auteur et son style d'écriture, il est difficile de traduire un texte. Aussi nous avons essayé d'être fidèle au sens du texte original pour que les sentiments, les pensées de l'auteur soient transmis aux lecteurs cible dans la même façon que les lecteurs de la langue source.

Pour avoir une meilleure compréhension du texte traduit, nous avons vu les analyses du texte et les solutions pour résoudre les problèmes de traduction pour lesquelles, nous avons suivi les approches théoriques de traduction. Cette nouvelle que nous avons traduite, focalise beaucoup plus sur les problèmes des classes paysannes rurales et le système Zamindari en Inde. Il est alors nécessaire d'avoir une bonne connaissance de la réalité du terrain pour arriver à une bonne traduction. Nous avons essayé de traduire toutes les expressions, des aspects différents autant que possible en trouvant leurs

     Par Navneet Kumar Singh

équivalents mais comme il y a toujours les exceptions.

Nous avons trouvé certains termes difficiles à traduire

.Malgré nos efforts pour traduire tous, nous avons rencontré

quelque problème. Par exemple :

"अब रोओ नानी के नाम को"

«Allez et appelez votre grande-mere de vous aider. »

Dans cette pharase traduite ,l'expression "नानी के नाम"

को est très difficile à traduire car nous n'avons pas

trouver l'équivalent approprié de cette expression qui est

une forme familière de la langue hindi.

Enfin notre traduction de cette nouvelle d'hindi vers le

français est un tout petit travail de notre part dans ce

grand domaine de traduction. Mais nous espérons que

notre observation et des analyses de traduction hindi-

français, les problèmes discutés et leurs solutions vont

 Par Navneet Kumar Singh

aider des chercheurs dans ce domaine de traduction à

l'avenir.

.

 Par Navneet Kumar Singh

BIBLIOGRAPHIE

Source primaire:

1. *Pratinidhi Kahaniyan,* Rajkamal Prakashan, New Delhi, Representative stories of Premchand, Ed.1998 and 7th Ed. 2010 by Bhishma Sahni

Sources secondaires:

1. *TheTranslator's Invisibility*, Edit Lawrence Venuti, Routledge, 11 New Fetter Lane, London, ECSP 4EE, Ed.1995

2. *The Scandals of Translation*, Edit LawrenceVenuti, Routledge, 11 New Fetter Lane, London, ECSP 4EE, Ed.1998

3*PratinidhiKahaniyan,* Edit. BhishmaSahni, Representative stories of Premchand, Rajkamal Prakashan, New Delhi, Ed.1998 and 7th Ed. 2010

4. http://en.wikipedia.org/wiki/Zamindar

5. www.//en.wikipedia.org/wiki/Sanskritisation

6. http://pages.wustl.edu/files/pages/imce/soks/india.pdf

7. http://www.iloveindia.com/wildlife/indian-wild-animals/neel-gai/facts.html

Dictionnaires consultés:

1. http://www.wordreference.com

2. http://dictionary.reverso.net/

3. http://www.ldoceonline.com/

4. http://www.shabdkosh.com/

5. http://www.linguee.com/

6. http://www.languagereef.com/audiobooks.php?story=25

7. http://pages.wustl.edu/files/pages/imce/soks/india.pdf

 Par Navneet Kumar Singh

www.ingramcontent.com/pod-product-compliance
Lightning Source LLC
Chambersburg PA
CBHW021325160726

47994CB00004B/1610